IL LIBRO DEGLI ERRORI

ERRORI IN LIBERTÀ

Testo tratto da: *Il libro degli errori* di Gianni Rodari
© 1980 Maria Ferretti Rodari e Paola Rodari per il testo
© 2015 Edizioni EL, San Dorligo della Valle (Trieste)
ISBN 978-88-6714-470-9

www.edizioniel.com

Finito di stampare nel mese di ottobre 2015
presso G. Canale & C. S.p.A., Borgaro Torinese (Torino)

Il libro degli errori

Errori in libertà

Gianni Rodari

illustrazioni di
Chiara Nocentini

EMME EDIZIONI

PER COLPA DI UN ACCENTO

Per colpa di un accento
un tale di Santhià
credeva d'essere alla meta
ed era appena a metà.

Per analogo errore
un contadino a Rho
tentava invano di cogliere
le pere da un però.

Non parliamo del dolore
di un signore di Corfú
quando, senza piú accento,
il suo cucú non cantò piú.

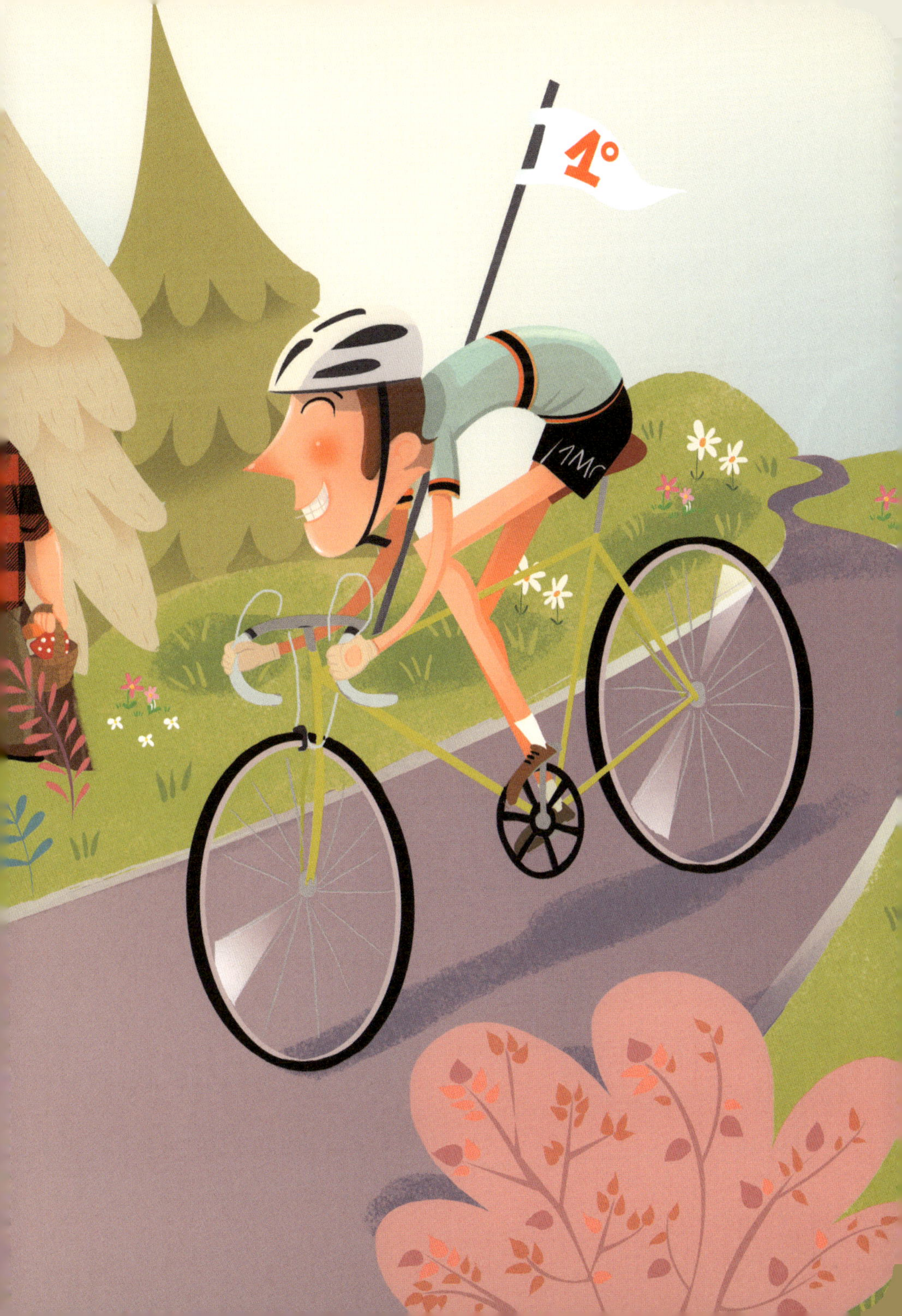
1°

LADRO DI «ERRE»

C'è, c'è chi dà la colpa
alle piene di primavera,
al peso di un grassone
che viaggiava in autocorriera:

io non mi meraviglio
che il ponte sia crollato,
perché l'avevano fatto
di cemento «amato».

Invece doveva essere
«armato», s'intende,
ma la *erre* c'è sempre
qualcuno che se la prende.

Il cemento senza *erre*
(oppure con l'*erre* moscia)
fa il pilone deboluccio
e l'arcata troppo floscia.

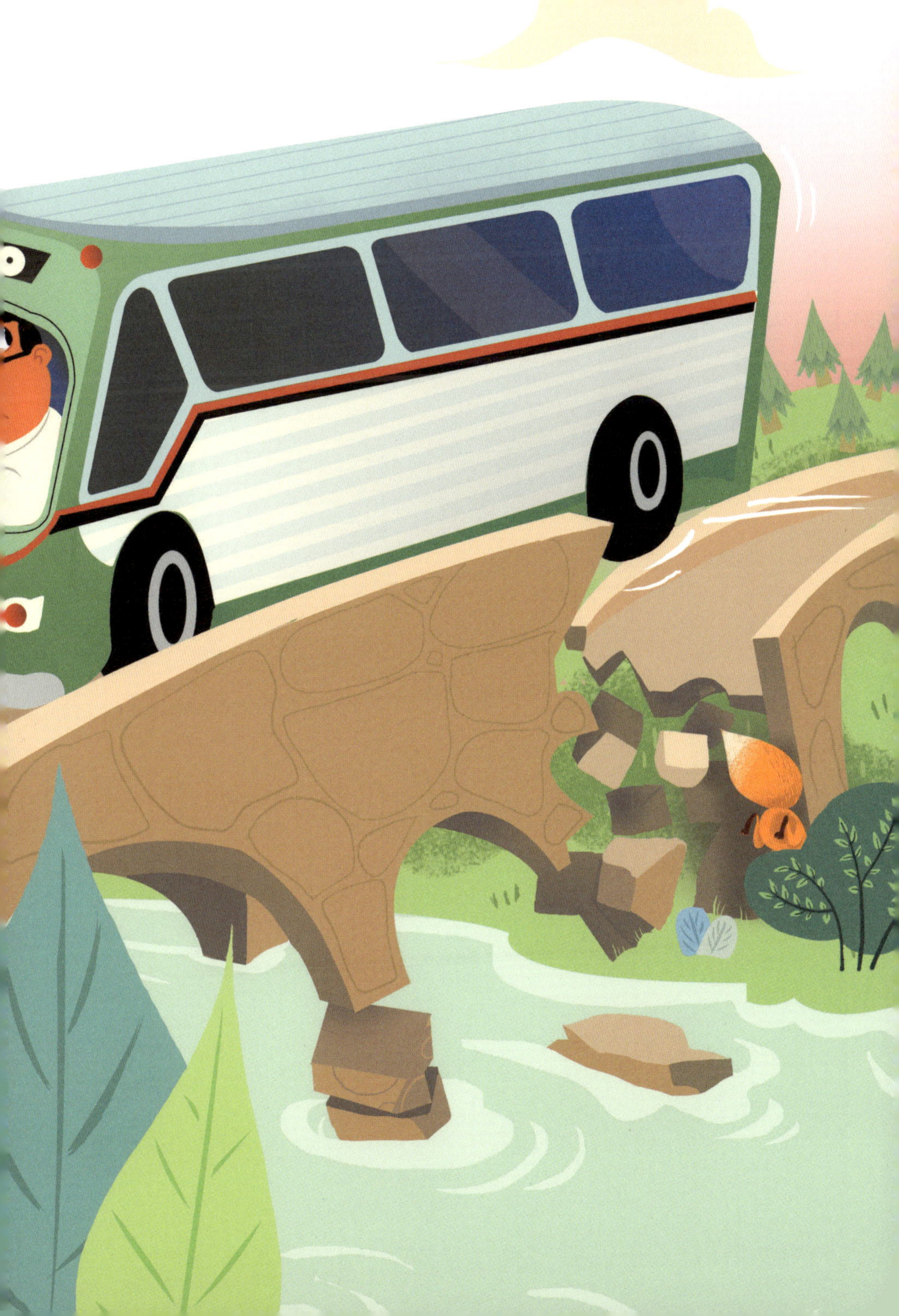

In conclusione, il ponte
è colato a picco,
e il ladro di «erre»
è diventato ricco:

passeggia per la città,
va al mare d'estate,
e in tasca gli tintinnano
le «erre» rubate.

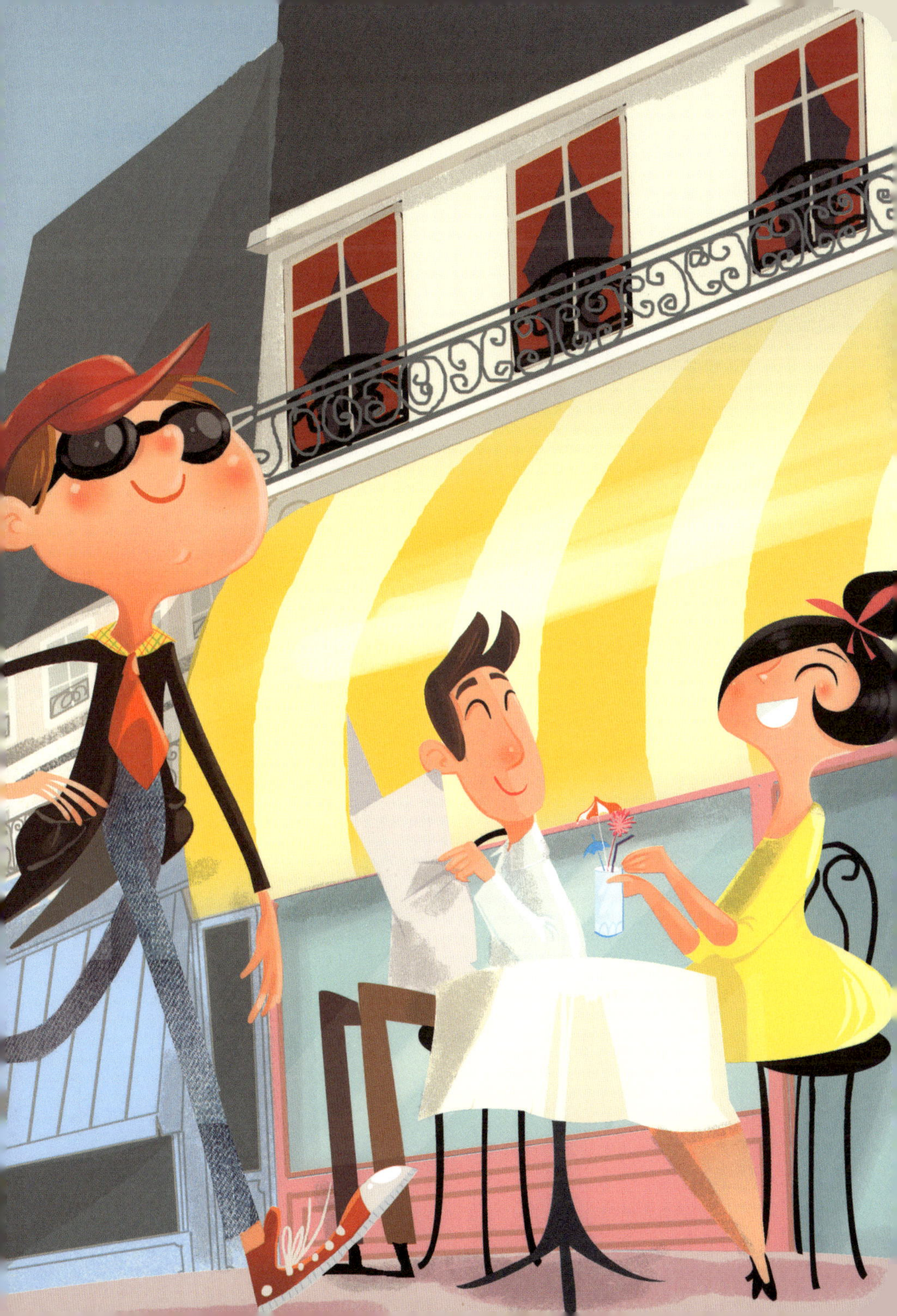

LA RIFORMA DELLA GRAMMATICA

Il professor Grammaticus, un giorno, decise di riformare la grammatica.

– Basta, – egli diceva, – con tutte queste complicazioni. Per esempio, gli aggettivi, che bisogno c'è di distinguerli in tante categorie? Facciamo due categorie sole: gli *aggettivi simpatici* e gli *aggettivi antipatici*. *Aggettivi simpatici*: buono, allegro, generoso, sincero, coraggioso. *Aggettivi antipatici*: avaro, prepotente, bugiardo, sleale, e via discorrendo. Non vi sembra piú giusto?

La domestica che era stata ad ascoltarlo rispose: – Giustissimo.

– Prendiamo i verbi, – continuò il professor Grammaticus. – Secondo me essi non si dividono affatto in tre coniugazioni, ma soltanto in due. Ci sono i *verbi da coniugare* e quelli *da lasciar stare*, come per esempio: mentire, rubare, ammazzare, arricchirsi alle spalle del prossimo. Ho ragione sí o no?

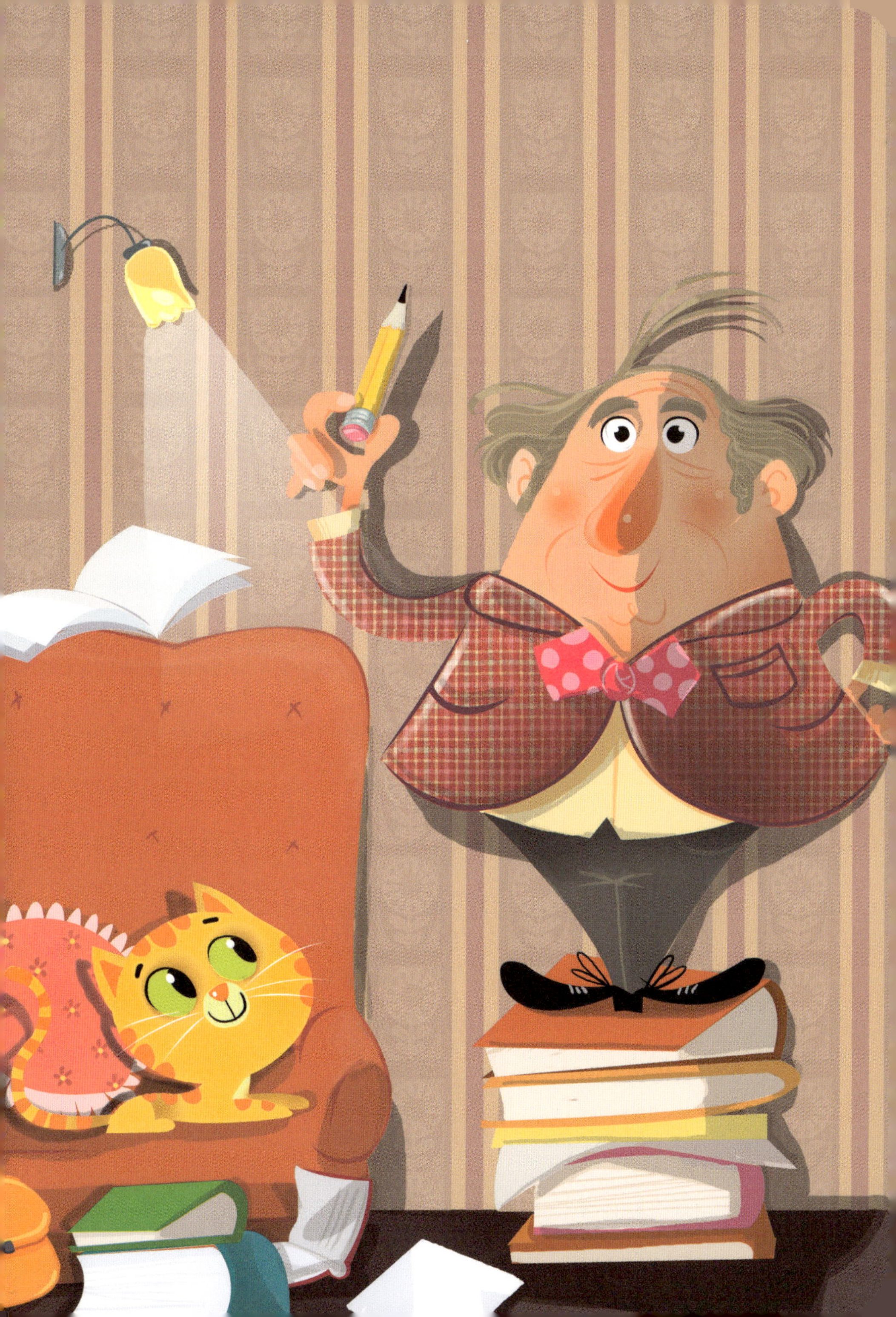

– Parole d'oro, – disse la domestica.

E se tutti fossero stati del parere di quella buona donna la riforma si sarebbe potuta fare in dieci minuti.

Simpatici / Antipatici

L'UOMO PIÚ BRAVO DEL MONDO

Io so la storia dell'uomo piú bravo del mondo ma non so se vi piacerà. Ve la racconto lo stesso? Ve la racconto.

Si chiamava Primo, e fin da piccolo aveva deciso:
– Primo di nome e di fatto. Sarò sempre il primo in tutto.

E invece era sempre l'ultimo.

Era l'ultimo ad aver paura, l'ultimo a scappare, l'ultimo a dir bugie, l'ultimo a far cattiverie, ma cosí ultimo che cattiverie non ne faceva per niente.

I suoi amici erano tutti primi in qualche cosa. Uno era il primo ladro della città, l'altro il primo prepotente del quartiere, un terzo il primo sciocco del casamento. E lui invece era sempre l'ultimo a dire sciocchezze, e quando veniva il suo turno di dirne una stava zitto.

Era l'uomo piú bravo del mondo ma fu l'ultimo a saperlo. Cosí ultimo, che non lo sapeva per niente.

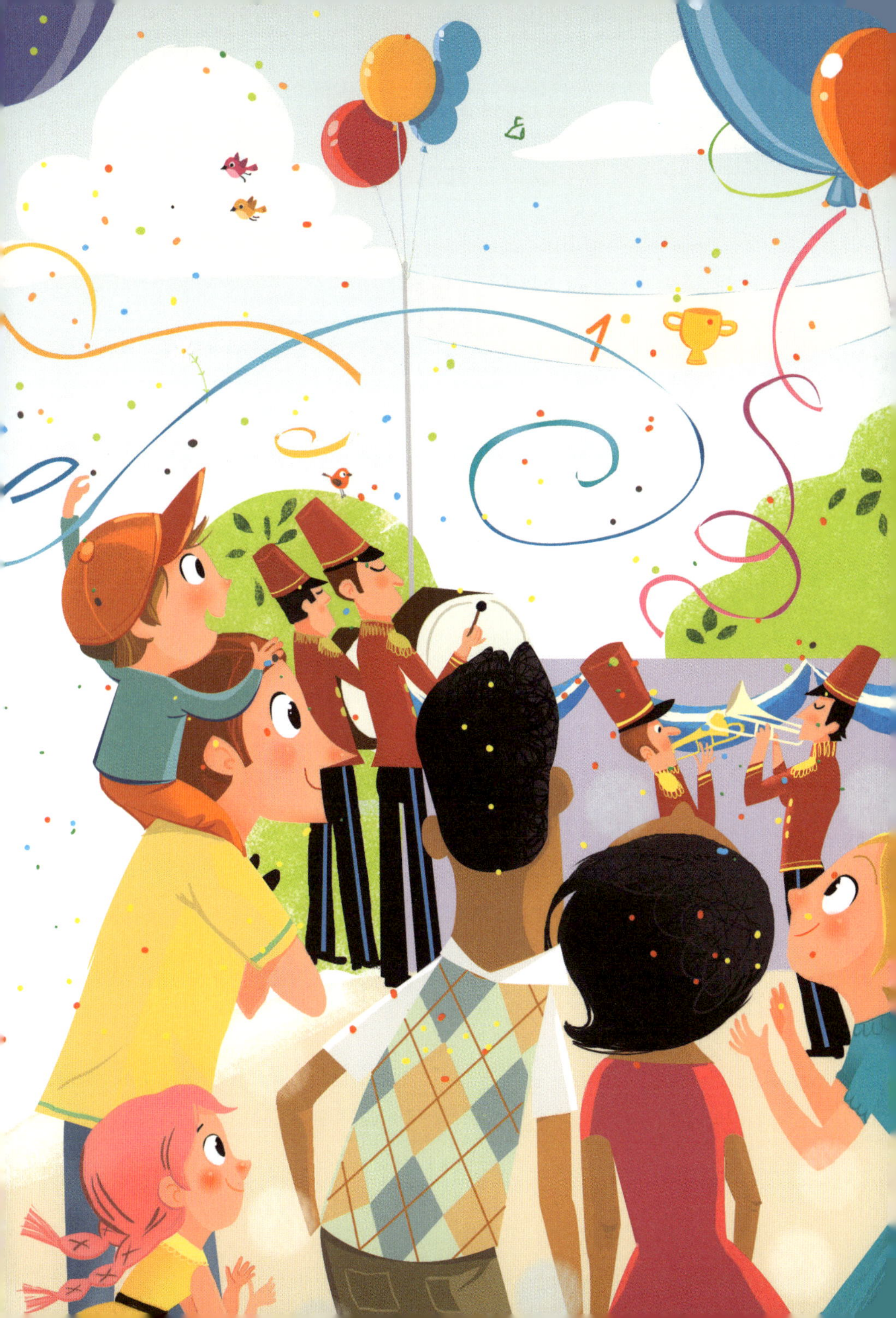

CHI COMANDA?

Ho domandato a una bambina: – Chi comanda in casa?
 Sta zitta e mi guarda.
 – Su, chi comanda da voi: il babbo o la mamma?
 La bambina mi guarda e non risponde.
 – Dunque, me lo dici? Dimmi chi è il padrone.
 Di nuovo mi guarda, perplessa.
 – Non sai cosa vuol dire comandare?
 Sí che lo sa.
 – Non sai cosa vuol dire padrone?
 Sí che lo sa.
 – E allora?
 Mi guarda e tace. Mi debbo arrabbiare? O forse è muta, la poverina. Ora poi scappa addirittura, di corsa, fino in cima al prato. E di lassú si volta a mostrarmi la lingua e mi grida, ridendo: – Non comanda nessuno, perché ci vogliamo bene.

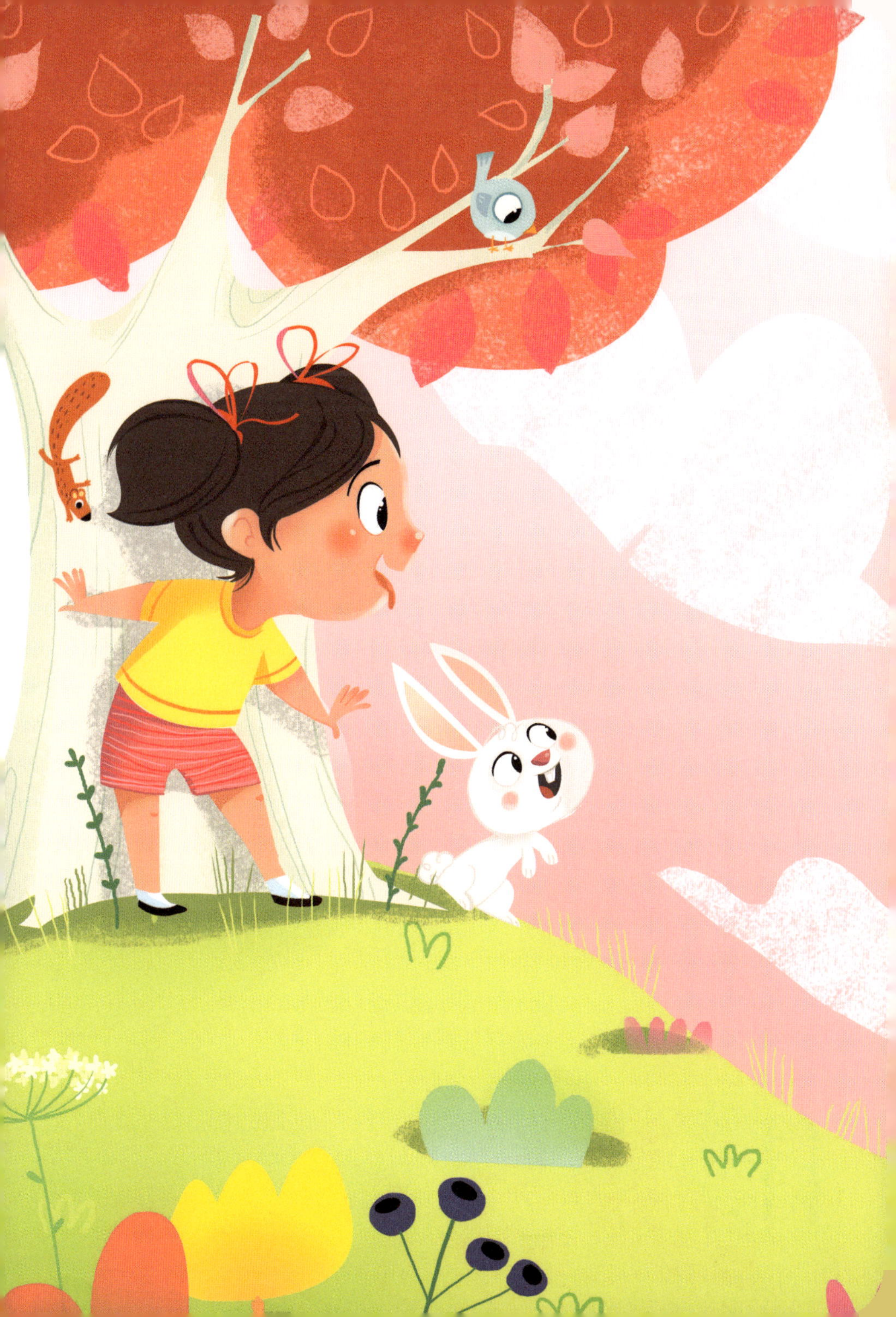

IL DROMEDARIO E IL CAMMELLO

Un giorno il dromedario disse al cammello: – Amico, ti compiango. Permetti che ti faccia le mie condoglianze.

– Perché? – domandò il cammello. – Non sono mica in lutto.

– Vedo, – proseguí il dromedario, – che non ti rendi conto della tua disgrazia. Tu sei chiaramente un dromedario sbagliato per eccesso: hai due gobbe anziché una sola. Ciò è molto, molto triste.

– Prego, – disse il cammello, – io non volevo dirtelo per delicatezza, ma visto che sei entrato nel discorso sappi, invece, che la disgrazia è tutta tua. Tu sei chiaramente un cammello sbagliato per difetto: difatti hai una sola gobba anziché due, come dovresti.

La discussione continuò per un bel pezzo, e i due animali stavano già per venire alle mani, anzi, alle gobbe, quando passò di lí un beduino.

– Chiediamo a lui chi di noi due ha ragione, – propose il dromedario.

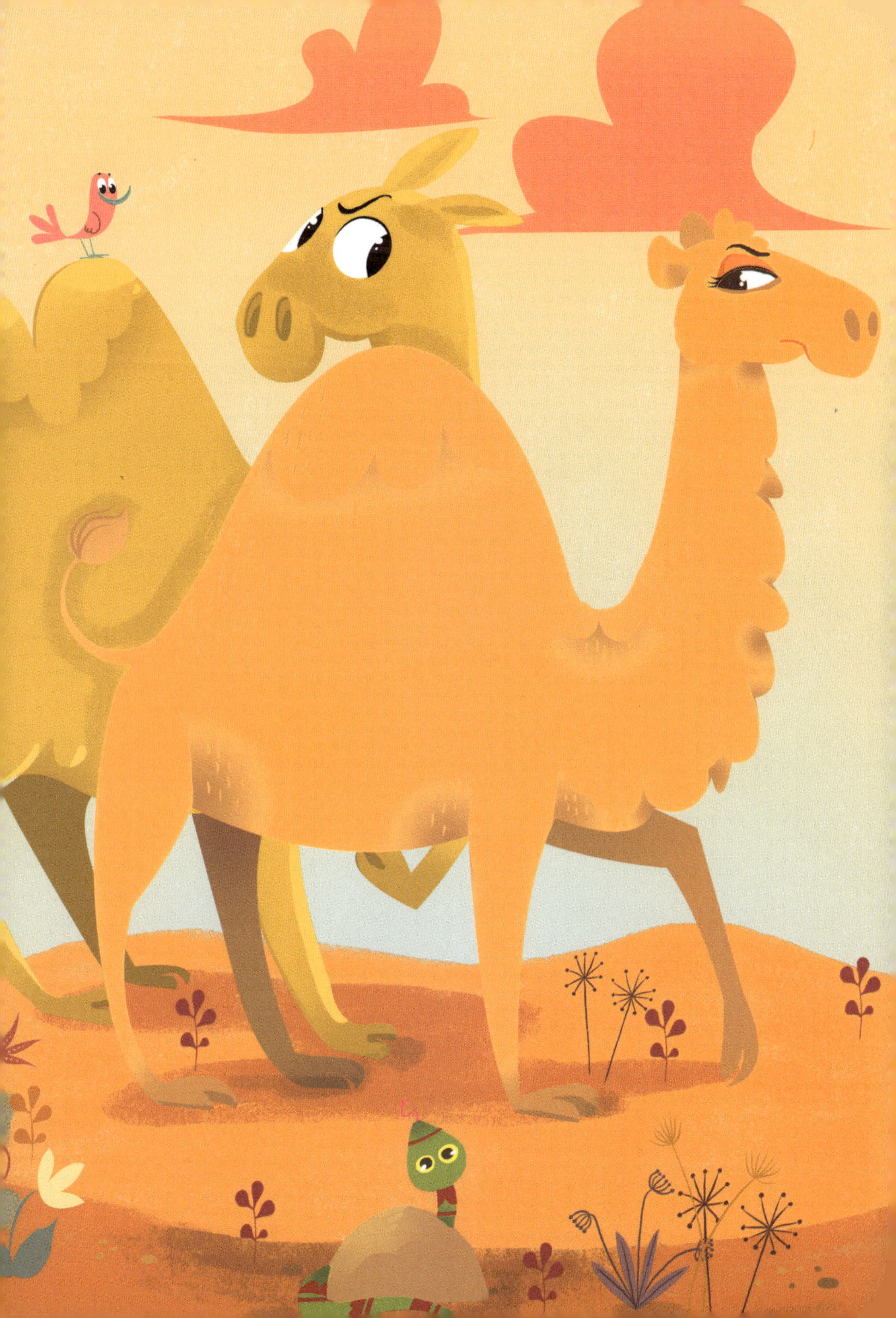

Il beduino li stette ad ascoltare pazientemente, scosse la testa e rispose: – Amici miei, siete sbagliati tutti e due. Ma non nelle gobbe: quelle ve le ha date la natura, il cammello è bello perché ne ha due e il dromedario è bello perché ne ha una sola. Siete sbagliati nel cervello, perché non l'avete ancora capito.

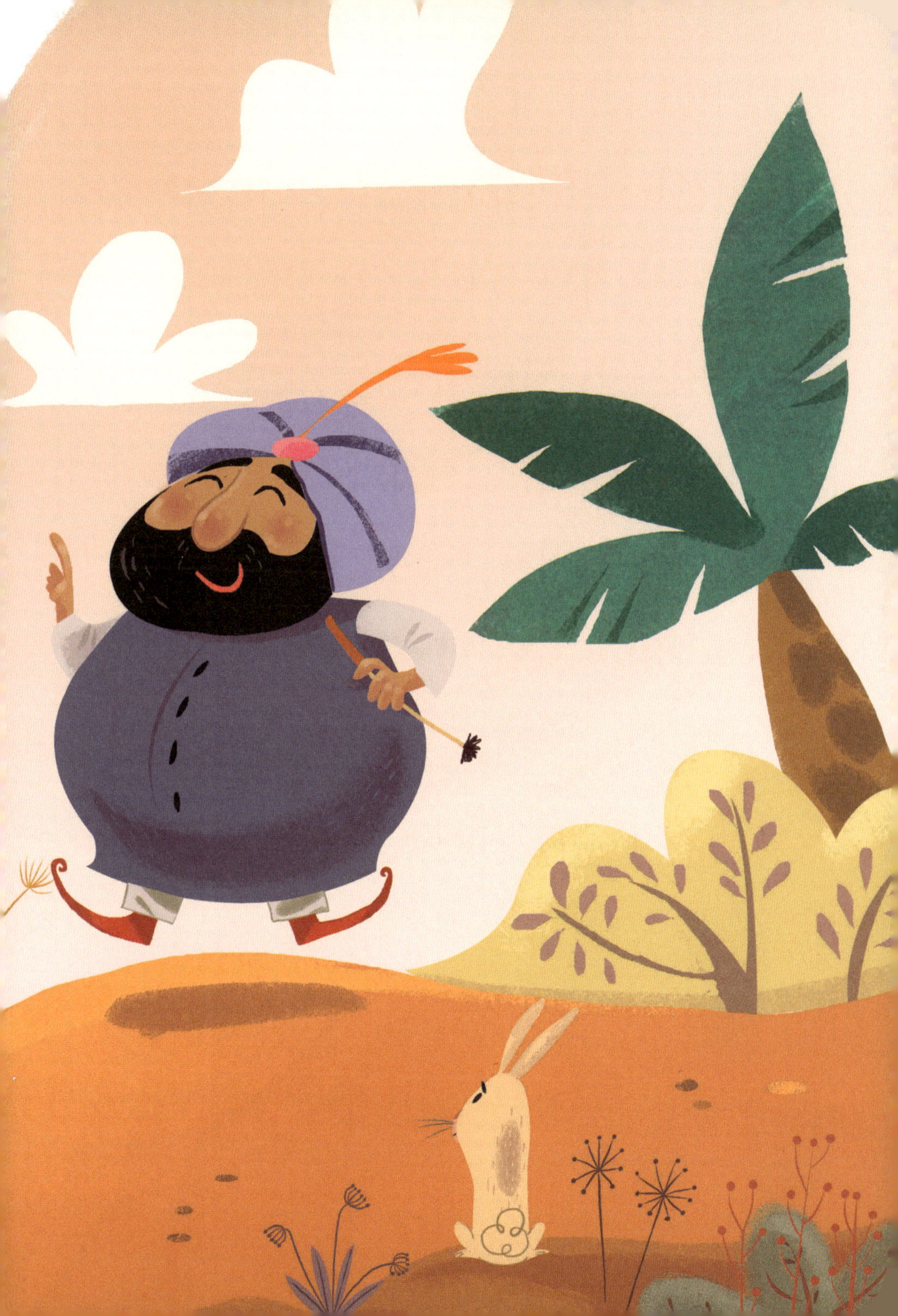

L'ECO SBAGLIATA

Non venitemi piú a decantare le meraviglie dell'eco. Ieri mi hanno portato a provarne una. Ho cominciato con semplici domandine di aritmetica:

– Quanto fa due per due?

– Due, – ha risposto l'eco, senza riflettere. Un buon inizio, non c'è che dire.

– Quanto fa tre per tre?

– Tre, – ha esclamato giuliva la scioccherella. L'aritmetica, evidentemente, non era il suo forte. Per darle un'altra occasione di fare bella figura le ho chiesto allora:

– Ascolta, ma pensaci un momentino prima di rispondere: È piú grande Roma o Como?

– Como, – ha esultato l'eco.

Va bene, lasciamo stare anche la geografia. Proviamo con la storia. Chi ha fondato Roma: Romolo o Manfredini?

– Manfredini, – ha gridato l'eco. Tifosa, per giunta. Non mi sono piú tenuto, e le ho voluto dare la stoccata finale:

– Chi è piú ignorante fra me e te?

– Te! – ha risposto l'eco. Impertinente.

No, no, non venitemi piú a decantare le meraviglie dell'eco, eccetera eccetera.

TONINO L'OBBEDIENTE

E questa è la canzone
di Tonino l'Obbediente.
Tanto bravo, però
di sua testa non fa niente.

Se gli dicono: «Cammina»,
lui balza in piedi e va.
Se gli dicono: «Alt»,
si ferma e fermo sta.

Guardate, si è fermato.
E ora che fa? Riposa?
Ora aspetta che qualcuno
gli comandi qualcosa.

Se nessuno gli comanda
non sa che fare e che dire.
Se non gli dicono: «Dormi»,
non riesce neanche a dormire.

È colpa di un dottore,
anche lui bello stolto,
invece delle tonsille,
sapete cosa gli ha tolto?

Gli ha tolto il verbo «volere»
con la magra scusa che
l'erba voglio non cresce
nemmeno nell'orto del re.

Ora attenzione, faremo
un piccolo esperimento.
Tonino, per piacere,
avvicinati un momento:

obbedisci a questi signori,
buttati giú dal tetto!
Visto? Ma presto, correte,
salvate quel poveretto!

Senza dire buongiorno
stava per fare un tuffo.
Per fortuna sono qua io,
per i capelli lo acciuffo...

Ah, Tonino, Tonino!
Quando la vuoi capire
che bisogna pensare
prima di obbedire?

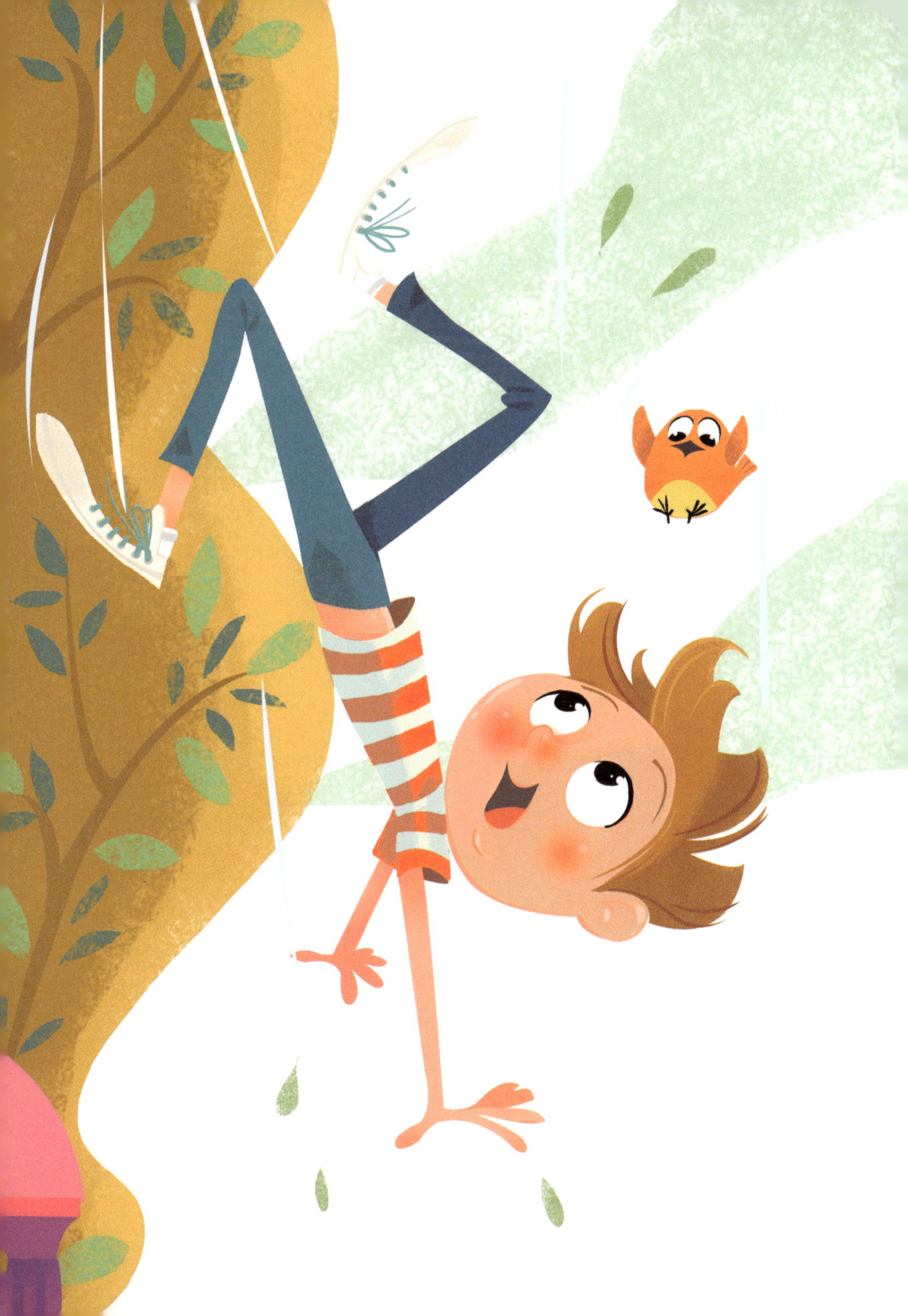

LAMENTO DELL'OCCHIO

L'occhio si lamentava: – Ahimè, ahinoi! Da qualche secolo in qua le cose per me si sono messe male. Ho sempre visto il sole girare intorno alla terra: arriva quel Copernico, arriva quel Galileo, e dimostrano che sbagliavo, perché è la terra che gira intorno al sole. Guardavo nell'acqua, la vedevo limpida e pulita: arriva quell'olandese, inventa il microscopio, e scopre che in una goccia d'acqua ci sono piú animaletti che al giardino zoologico. Guardo in cielo, in quel punto lassú. È tutto nero, ne sono ben certo. Ci vedo benissimo, io. Ma pare che invece io m'inganni: ti puntano un telescopio in quell'angolo nero, e ci si vedono milioni di stelle. Ormai è dimostrato che io vedo tutto sbagliato. Sarà meglio che me ne vada in pensione.

Bravo: e dopo, chi guarderà nel microscopio e nel telescopio?

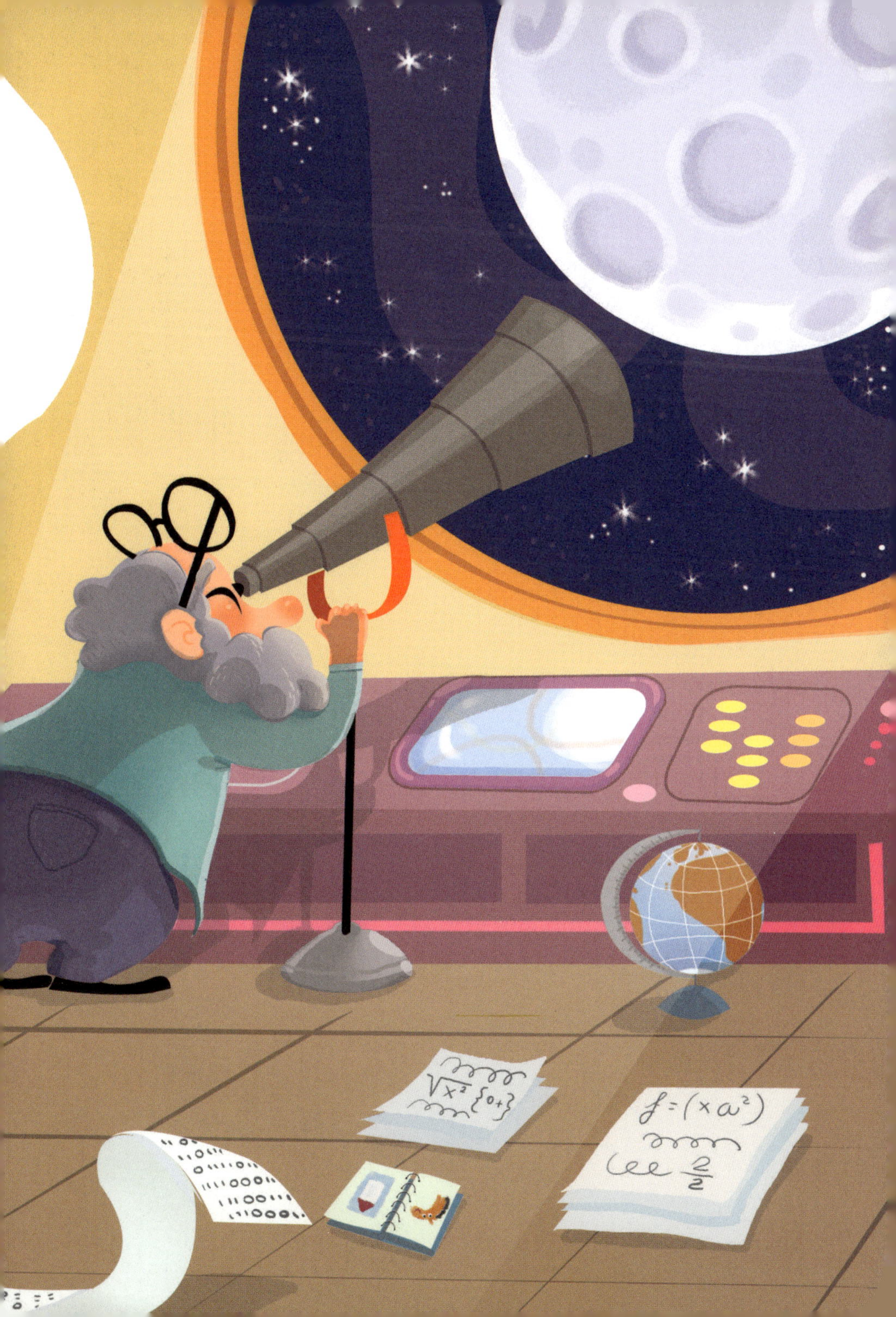

RIVOLUZIONE

Ho visto una formica
in un giorno freddo e triste
donare alla cicala
metà delle sue provviste.

Tutto cambia: le nuvole,
le favole, le persone...
La formica si fa generosa...
È una rivoluzione.

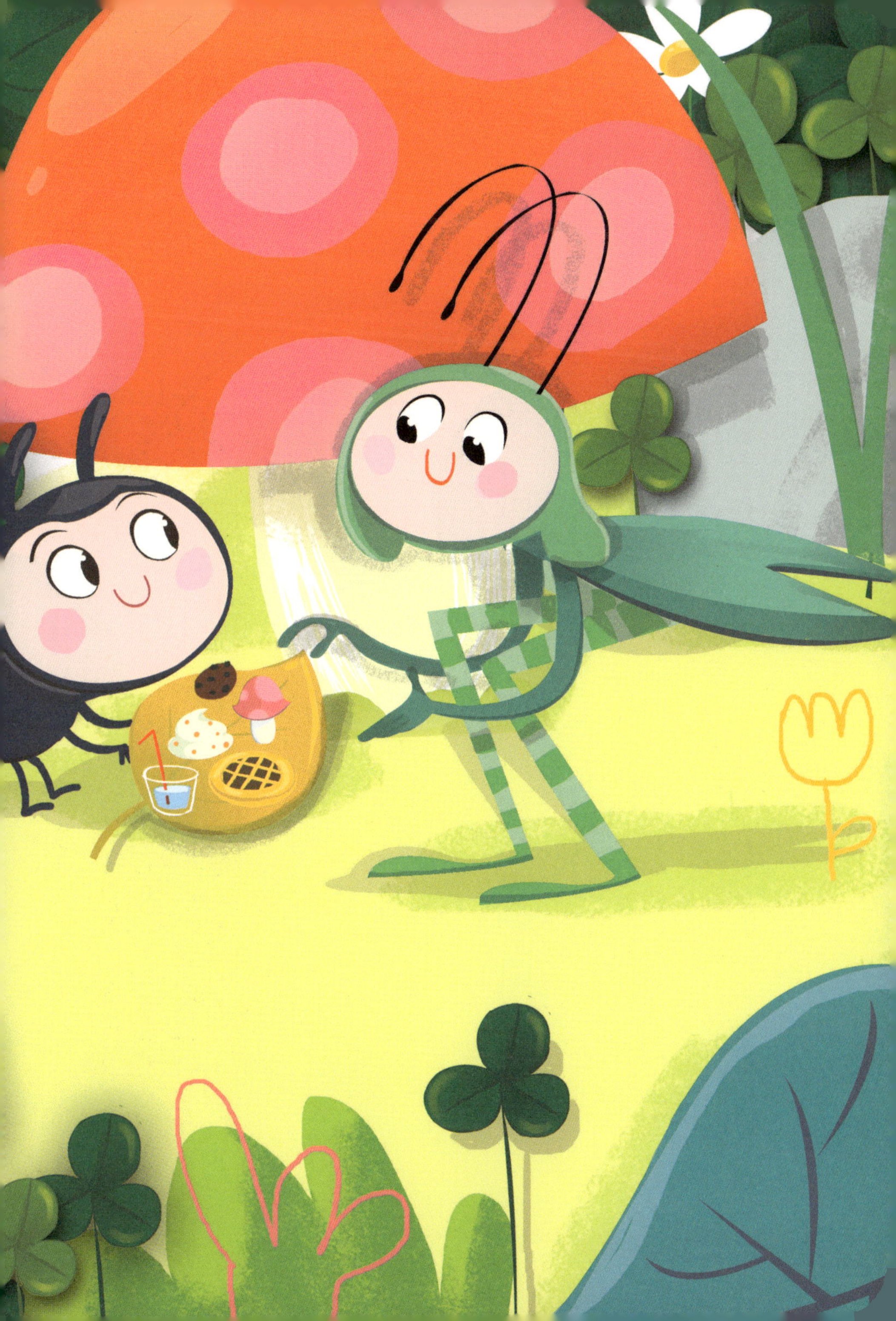

LA MIA MUCCA

La mia mucca è turchina
si chiama Carletto
le piace andare in tram
senza pagare il biglietto.

Confina a nord con le corna,
a sud con la coda.
Porta un vecchio cappotto
e scarpe fuori moda.

La sua superficie
non l'ho mai misurata,
dev'essere un po' meno
della Basilicata.

La mia mucca è buona
e quando crescerà
sarà la consolazione
di mamma e di papà.

(Signor maestro, il mio tema
potrà forse meravigliarla:
io la mucca non ce l'ho,
ho dovuto inventarla.)

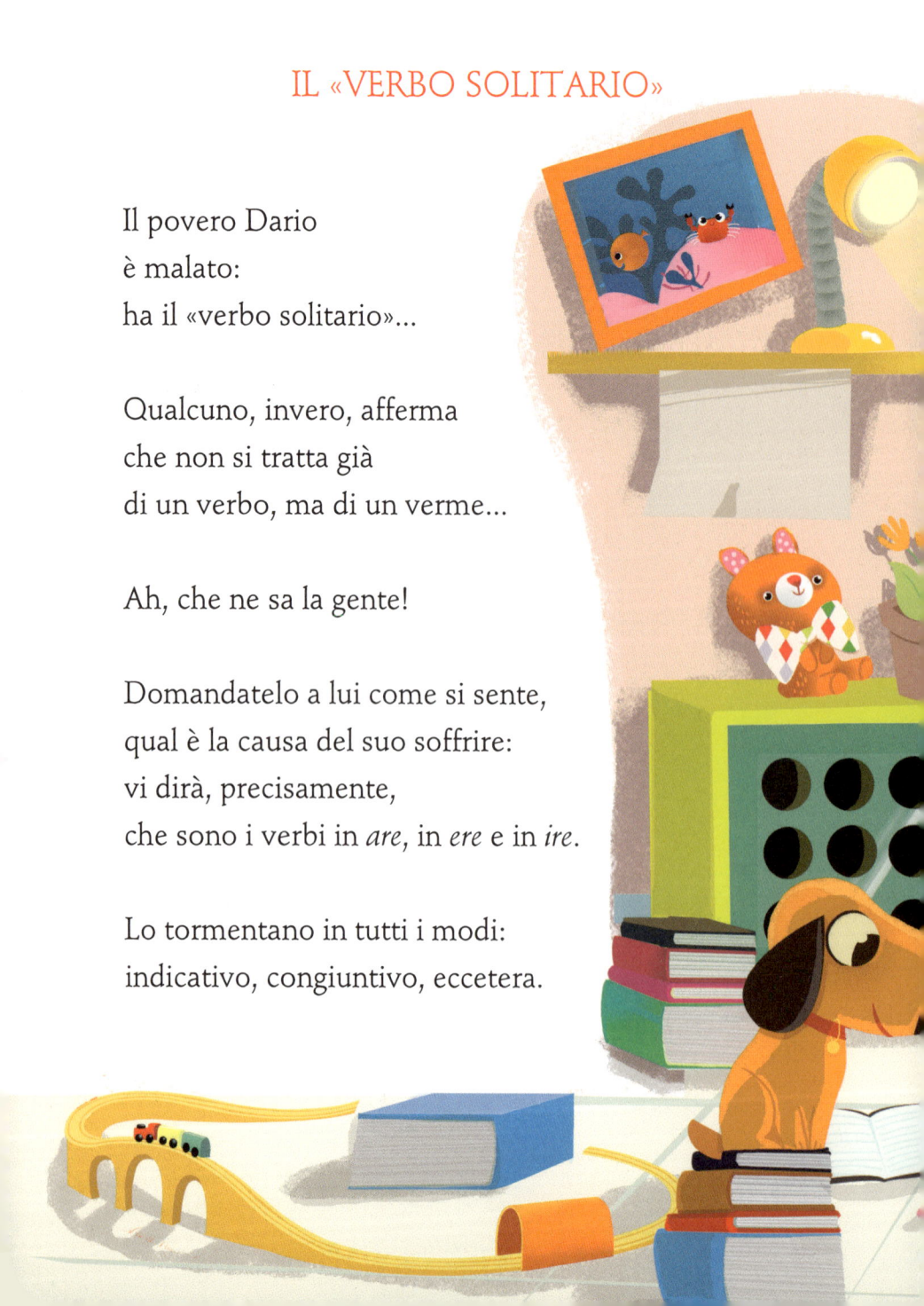

IL «VERBO SOLITARIO»

Il povero Dario
è malato:
ha il «verbo solitario»...

Qualcuno, invero, afferma
che non si tratta già
di un verbo, ma di un verme...

Ah, che ne sa la gente!

Domandatelo a lui come si sente,
qual è la causa del suo soffrire:
vi dirà, precisamente,
che sono i verbi in *are*, in *ere* e in *ire*.

Lo tormentano in tutti i modi:
indicativo, congiuntivo, eccetera.

Lo hanno perseguitato
nel tempo passato
(sia prossimo che remoto)
e poco ma sicuro
gran noia gli daranno
anche nel tempo futuro.

Che spasimi atroci
quando deve coniugare
nelle sue strane voci
un verbo irregolare...

Per fortuna non manca
un gerundio medicinale:
il malato, *giocando*,
dimentica ogni male.

INDICE

Per colpa di un accento 6

Ladro di «erre» 8

La riforma della grammatica 12

L'uomo piú bravo del mondo 16

Chi comanda? 18

Il dromedario e il cammello 20

L'eco sbagliata 24

Tonino l'Obbediente 26

Lamento dell'occhio 30

Rivoluzione 32

La mia mucca 34

Il «verbo solitario» 36